국시꼬랭이 동네

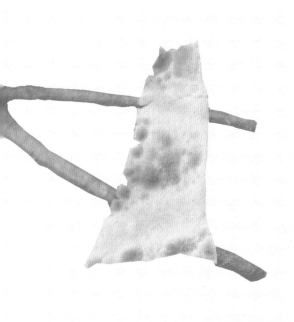

국시꼬랭이 동네는

우리 옛 아이들의 살아 있는 이야기 마을입니다. 아이들이 겪은 일과 놀이, 풍습 그리고 아이들의 웃음과 눈물이 생생히 흐르고 있습니다. 크고 화려한 문화 대신 작고 보잘것없어 보여서 지나쳐 버린, 자투리와 틈새 문화가 옹기종기 모여 있는 정겨운 우리 동네입니다.

오늘날 우리 아이들은 햄버거를 들고 학교와 학원을 오가며 텔레비전이나 컴퓨터와 놉니다. 옛 아이들은 산과 들로 쏘다니며 꽃과 풀을 따 먹고 꽃놀이, 풀놀이를 했습니다. 달빛 아래서 그림자를 밟고 별을 헤며 무한한 상상력을 키웠습니다. 하늘과 땅이 모두 아이들 차지였습니다. 수천 년간 이 땅에서 이어져 온 아이들의 풍요로운 삶과 자연이 지금은 거의 사라지고 잊혀 가고 있습니다.

국시꼬랭이 동네는 잃어버린 다양한 자투리 문화를 찾아냄으로써 우리 옛 아이들과 오늘의 아이들을 하나로 이어 주는 징검다리가 될 것입니다.

국시꼬랭이
'국수 꼬리'를 일컫는 사투리

국시꼬랭이는

밀가루 반죽을 얇게 밀어 국수를 만들 때, 두 끝을 가지런히 하기 위해 잘라 낸 자투리입니다.

국수는 우리가 가난했던 시절, 모자라는 밥의 자리를 대신해 주는 훌륭한 끼니였지요. 스삭 스사사삭! 어머니의 홍두깨질 소리가 들리기 시작하면 아이들은 조롱박처럼 어머니 곁에 붙어 앉아 홍두깨질이 끝나기만을 기다렸답니다.

"자! 국시꼬랭이 받아라."

어머니의 말이 끝나기 무섭게 아이들은 고사리손으로 국시꼬랭이를 받아 들고 아궁이로 달려갔지요. 국시꼬랭이를 불에 노릇노릇 구우면 벙글벙글 일어납니다. 고소하고 바삭거리는 국시꼬랭이를 야금야금 아껴 먹으며 친구들 앞에서 자랑하곤 했지요.

국시꼬랭이에는 아이들의 간절한 마음이 담겨 있답니다.

글_이춘희

플래시 QR코드

e-book QR코드

QR코드로
플래시와 **e-book**영상을
감상해 보세요.

(스마트폰으로 앱을 설치한 뒤
QR코드를 스캔하세요.)

글쓴이 **이춘희**는 경북 봉화에서 태어났습니다. 안동대학교에서 국어국문학을 전공하고 방송 구성 작가로 일했습니다.
그동안 쓴 그림책으로 《고무신 기차》, 《야광귀신》, 《눈 다래끼 팔아요》, 《아카시아 파마》, 《막걸리 심부름》 등이 있고,
저학년을 위한 창작 동화 《나팔귀와 땅콩귀》가 있습니다.

그린이 **심은숙**은 서울에서 태어나 대학에서 동양화를 공부했습니다.
아이를 좋아하고 옛날식 로봇 장난감을 좋아하며, 이야기와 감동이 있는 그림 그리기를 좋아합니다.
어린이책에 그림을 그리고, 공연에 쓰이는 영상 동화 작업도 하고 있습니다.
그린 책으로 《우리 아빠는 내 친구》, 《전교 모범생》, 《꼬마 마법사 수리수리》, 《궁금한 게 많은 악어 임금님》 등이 있습니다.

잃어버린 자투리 문화를 찾아서
국시꼬랭이 동네 13

밤똥 참기

초판 1쇄 발행 2006년 2월 20일 | 개정3판 4쇄 발행 2023년 1월 10일
글쓴이 이춘희 | 그린이 심은숙 | 감수 임재해 | 펴낸이 유성권 | 편집장 심윤희 | 편집 김민지, 송지은, 황인희, 최성아
마케팅 김선우, 강성, 최성환, 박혜민, 김단희 | 홍보 김애정 | 제작 장재균 | 관리 김성훈, 강동훈 | 표지 디자인 마루·한 | 본문 디자인 여름
인쇄·제본 영림인쇄 | 펴낸 곳 (주) 이퍼블릭 | 출판등록 1970년 7월 28일(제 1-170호) | 주소 서울시 양천구 목동서로 211 범문빌딩
전화 02-2651-6121 | 팩스 02-2651-6136 | 홈페이지 safaribook.co.kr | 카페 cafe.naver.com/safaribook
블로그 blog.naver.com/safaribooks | 페이스북 facebook.com/safaribookskr | 인스타그램 @safaribook_

Copyright ⓒ 이춘희, 심은숙, (주)이퍼블릭 2006

ISBN 979-11-6057-684-9 (74810) | 979-11-6057-692-4 (세트)

* 사파리는 (주)이퍼블릭의 유아·아동·청소년 출판 브랜드입니다.

* 36개월 이상 어린이에게 적합한 도서입니다. Printed in Korea * 책값은 뒤표지에 있습니다.

잃어버린 자투리 문화를 찾아서

밤똥 참기

이춘희 글 · 심은숙 그림 · 임재해 감수

사파리

저녁을 먹은 지 한참 지난, 늦은 겨울밤이었어요.

배가 출출해진 길남이와 길수는 무를 깎아 맛있게 먹었어요.

"꺼어~억!"

길남이는 긴 트림을 하고는 이불 속으로 들어갔어요.

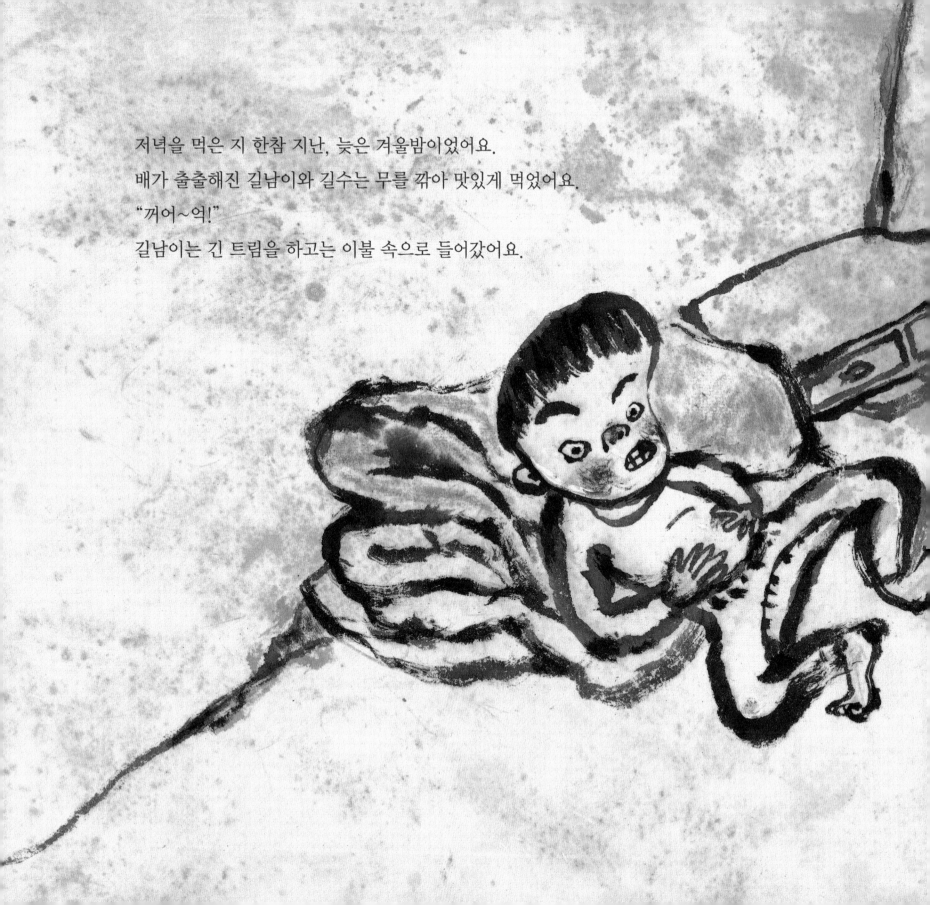

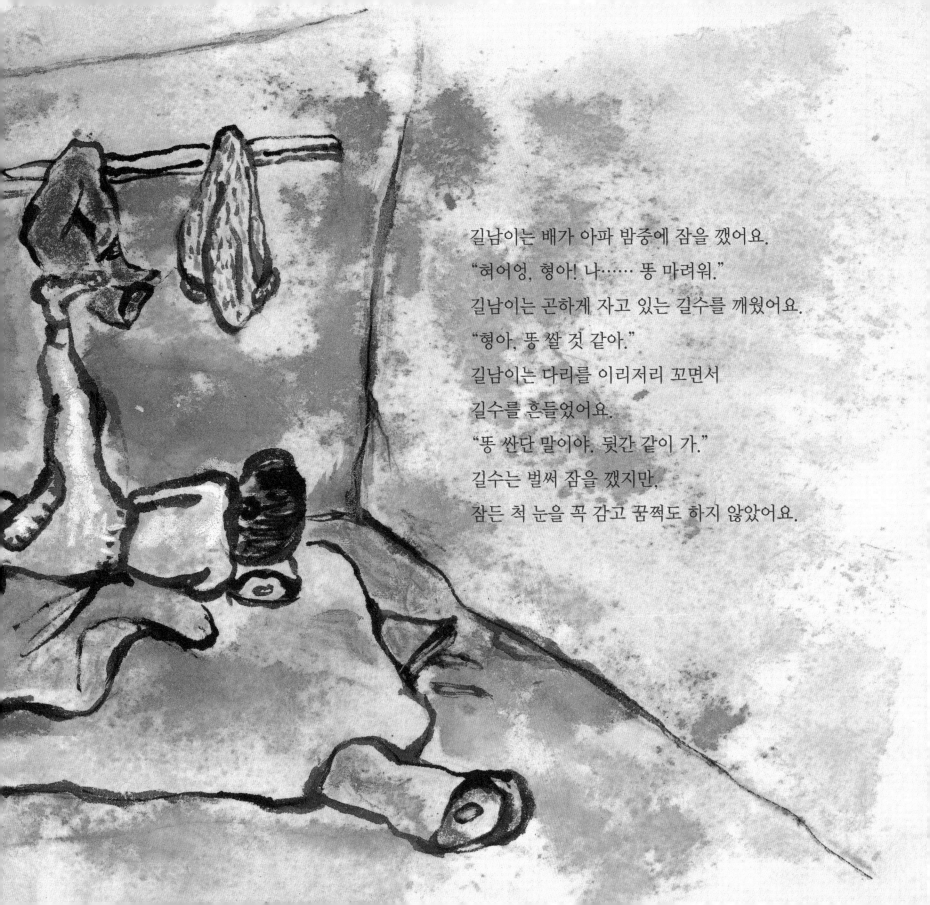

길남이는 배가 아파 밤중에 잠을 깼어요.
"혀어엉, 형아! 나…… 똥 마려워."
길남이는 곤하게 자고 있는 길수를 깨웠어요.
"형아, 똥 쌀 것 같아."
길남이는 다리를 이리저리 꼬면서
길수를 흔들었어요.
"똥 쌀단 말이야. 뒷간 같이 가."
길수는 벌써 잠을 깼지만,
잠든 척 눈을 꼭 감고 꿈쩍도 하지 않았어요.

"뿌웅 뿡 뿡 뿡!"
길남이가 줄방귀를 뀌어 대자,
길수는 벌떡 일어났어요.
"에이 자식, 또 밤똥이야? 귀찮아 죽겠네."

길수는 뒷간에 같이 가는 대신, 똥 참는 방법을 알려 주기로 했어요.
"숨을 크게 들이쉬고, 똥구멍에 힘을 바짝 줘.
그럼 똥이 쏙 들어갈 거야."
길남이는 길수가 가르쳐 준 대로 따라 해 보았지만
펑펑펑 폭탄방귀만 터졌어요.
"아유, 독가스! 얌마, 똥 참으라고 했지, 누가 방귀 뀌랬어?"
길수는 길남이한테 꿀밤을 한 대 먹였어요.
"혀, 형! 똥이 찔끔찔끔 나와."
얼굴이 벌게진 길남이는 똥구멍에 손을 댄 채
쩔쩔맸어요.

길수는 할 수 없이 촛불을 들고
길남이와 방을 나섰어요.
깜깜한 어둠 속에서 웅웅대는 바람과 함께
부엉이의 울음소리가 들려왔어요.
길남이는 무서워서 길수의 팔에 바짝 매달렸어요.

마당을 지나 뒷간까지 가는 길이
오늘따라 유난히 멀게 느껴졌어요.

길남이는 촛불을 받아 들고 뒷간으로 들어가고,
길수는 뒷간 앞에서 기다렸어요.
길남이가 바지를 내리고 앉자마자
뒷간 바닥으로 똥이 투욱 툭 떨어졌어요.

"형아, 뭐 해?"
"너 기다리지 뭐 하긴 뭐 해?"
"형아, 별 세어 봐."
"별은 무슨 별? 뜨지도 않았어."
"그럼, 노래 불러 줘."
"노래는 무슨 노래? 똥이나 빨리 눠!"
길남이는 무서움을 떨쳐 버리려고,
길수에게 자꾸만 말을 걸었어요.

길수는 귀가 떨어져 나갈 듯이 시리고
맨발로 나온 터라 발도 꽁꽁 얼었어요.
길수는 손을 비비며 발을 굴러 보기도 하고,
폴짝폴짝 뛰어도 보았어요.

"다 눴어?"
"아~니."
"아직 멀었어?"
"한 방울만 더 누고."
"눈 온단 말이야. 대충대충 싸고 나와!"
길수는 하늘을 쳐다보며 말했어요.

볼일을 끝낸 길남이가
막 뒷간을 나오려고 할 때였어요.
갑자기 바람이 휘몰아쳐,
그만 촛불이 꺼지고 말았어요.
"형아!"
길남이는 소리를 지르며 뒷간을 뛰쳐나왔어요.
"엄마야!"
덩달아 놀란 길수도 소리를 질렀어요.

아이들의 비명에 놀란 엄마가 허둥지둥 달려왔어요.

"왜 그러니?"

길남이와 길수는 잔뜩 겁먹은 얼굴로 서로 부둥켜안고 있었어요.

"엄마, 무서워!"

길남이는 울먹이며 엄마에게 와락 안겼어요.

"또 밤똥 눴니?"
길남이가 고개를 끄덕였어요.
"엄마가 다시는 밤똥 안 누게 해 주마."
"정말이에요?"
길남이의 눈이 휘둥그레졌어요.

엄마는 아이들을 데리고 외양간으로 갔어요.
삐거덕 하고 문을 열자,
잠을 자던 소가 놀라서 벌떡 일어나고
횃대 위의 닭들도 꼬꼬댁 울어 댔어요.

"자, 밤똥을 누지 않으려면 닭한테 절을 해야 돼."
엄마는 길남이에게 말했어요.
"닭한테 절을 해요? 싫어요."
"그럼 너 계속 밤똥 눌래?"

"······절만 하면 되는 거예요?"
"그럼!"
길남이는 한참을 망설이더니
어쩔 수 없이 닭한테 꾸벅 절을 했어요.
길수가 낄낄 웃어 댔어요.
"길수야, 웃지 말고 너도 같이 해라."

엄마는 닭을 쳐다보며 정성스럽게 빌었어요.
"닭아 닭아, 횃대 닭아,
소나무 골 박길남이 내일부턴 밤똥 안 누게 해다오.
금 같이 귀한 우리 길남이 밤똥을 대신 눠다오.
기왕 누는 김에 박길수 밤똥까지 시원하게 눠다오."

엄마는 밤똥 파는 노래도 가르쳐 주었어요.
"닭이나 밤똥 누지, 사람도 밤똥 누나?"
길남이와 길수는 킥킥 웃으며 노래를 따라 불렀어요.
"달구 새끼나 밤똥 싸지, 사람 새낀 밤똥 안 싸."

길남이와 길수가 장난스럽게 노래를 부르자
엄마가 야단쳤어요.
"정성껏 불러야 닭이 대신 밤똥 눠 주는 거야."

길남이와 길수는 닭을 향해 노래를 불렀어요.

"닭이나 밤똥 누지, 사람도 밤똥 누나?

닭이나 밤똥 누지, 우리는 밤똥 안 눠.

닭아 닭아 횃대 닭아, 맛있는 우리 똥 좀 사 다오."

때마침, 횃대 위에 앉아 있던 닭 한 마리가

똥을 찌익, 찍 갈겼어요.

"엄마, 저기 저 닭이 똥을 싸요!"

길수가 깜짝 놀라 소리를 질렀어요.

"저 닭이 너희가 판 똥을 샀나 보다."
엄마가 활짝 웃으며 말했어요.
"엄마, 그럼 이제 나 밤똥 안 누는 거예요?"
길남이는 한껏 들뜬 목소리로 물었어요.
"그럼! 이제 밤똥 안 누고말고."
"이야!"
길남이와 길수는 기분이 좋아 깡충깡충 뛰었어요.

한바탕 소란을 피우며
밤똥 팔기를 끝낸 길남이와 길수는
다시 방으로 들어갔어요.

눈은 소리 없이 점점 쌓여 가고
아이들의 잠도 점점 깊어만 갔어요.

밤똥 팔기

밤똥은 밤에 누는 똥을 말하지요. 옛날에는 집과 외따로 떨어진 '뒷간'이란 곳에서 볼일을 보았어요. 요즘처럼 환한 전깃불도 없던 시절, 깜깜한 밤에는 달빛이나 별빛 혹은 촛불이나 희미한 초롱불에 의지해 아이들이 혼자서 먼 뒷간까지 간다는 것은 쉬운 일이 아니었지요.

밤똥이 마려운 아이는 혼자 갈 수가 없어 식구 중 누군가를 깨워서 뒷간에 함께 가곤 했어요. 그런데 아이들이 한 번 밤똥을 누기 시작하면 자칫 습관이 되어 반복적으로 밤똥을 누는 경우가 많았지요. 아이들의 밤똥 버릇은 어른들에겐 귀찮은 일이자 걱정거리였어요.

어른들은 아이의 밤똥 누는 버릇을 고치기 위해 방문을 열어 놓고 외양간 횃대 위에 앉아 잠을 자는 닭을 향해 절을 하며 "닭이나 밤똥 누지, 사람도 밤똥 누나?"라는 주문을 외우게 했지요. 때론, 외양간으로 직접 나가 횃대에 앉은 닭을 향해 절하게 한 뒤 주문을 따라 하게도 했어요. 이때 아이는 닭한테 절한 것을 부끄럽게 여겨서 다시는 밤똥을 누지 않겠다고 다짐했어요. 잠자리에 들기 전에 먹고 싶은 것도 참고, 미리 뒷간에 다녀오는 등 여러 가지 노력을 했지요. 그러다 보면 아이들은 차차 밤똥을 누지 않게 되었답니다.

밤똥 팔기 풍습에는 아이들의 좋지 못한 배변 습관을 고치기 위한 옛 어른들의 해학과 지혜가 살아 숨쉬고 있어요.

밑씻개

 밑씻개는 대변을 본 뒤 밑을 닦는 물건이에요. 오늘날과 달리 화장지도 없고 종이도
귀하던 시절에는 자연에서 얻은 것들을 밑씻개로 사용했어요.
 짚이 많은 집에서는 뒷간 한구석에 짚단을 쌓아 두고 짚을 몇 가닥 뽑아 접은 뒤 돌돌
말아서 밑씻개로 사용하거나, 짚으로 꼬아 만든 새끼줄로 항문을 닦았지요. 짚이 귀한
집에서는 옥수수수염이나 말린 옥수수 속, 나무토막 따위도 썼어요. 이때 한 번 쓴 옥수수
속이나, 나무토막은 물에 씻어 햇볕에 잘 말려 두었다가 밑씻개로 다시 쓰거나 땔감으로
활용했지요.
 또 냇가의 반질반질한 자갈돌을 주워다 밑씻개로 쓰기도 했어요. 특히 찬 음식을 많이
먹어 자칫 속이 불편하기 쉬운 여름철에는 햇볕에 달구어진 자갈돌로 밑을 훔치고 나면
배 속까지 아주 편안하고 시원했답니다. 겨울철에는 부엌 아궁이 앞이나 따뜻한 아랫목에서
데운 자갈돌을 밑씻개로 사용했어요. 한 번 쓴 자갈돌은 물에 깨끗이 씻어 다시 쓰기도
했지요. 그래서 식구마다 조금씩 다른 모양의 자갈돌을 사용해 자신의 것을 쉽게 찾을 수
있도록 했답니다. 이것도 저것도 마땅한 것이 없을 땐 볼일을 본 뒤 뒷간용 그릇에 떠 놓은
물로 닦았대요.
 마치 아프리카 어느 부족의 일처럼 우습고 우리와 상관 없는 먼
이야기처럼 느껴지지요? 하지만 불과 몇십 년 전까지
우리나라에서 있었던 일이랍니다.